盛开的爱

SHENG KAI DE AI

许小玲 著

文汇出版社

图书在版编目(CIP)数据

盛开的爱 / 许小玲著. -- 上海：文汇出版社，2018.7

ISBN 978-7-5496-2677-9

Ⅰ. ①盛… Ⅱ. ①许… Ⅲ. ①诗集–中国–当代
Ⅳ. ①I227

中国版本图书馆 CIP 数据核字(2018)第 152266 号

盛开的爱

著　　者 / 许小玲
责任编辑 / 熊　勇
出版策划 / 力扬文化

出版发行　文匯出版社
　　　　　上海市威海路 755 号
　　　　　(邮政编码 200041)
印刷装订 / 成都勤德印务有限公司
版　　次 / 2018 年 7 月第 1 版
印　　次 / 2018 年 7 月第 1 次印刷
开　　本 / 880×1230　1/32
字　　数 / 175 千
印　　张 / 7

ISBN 978-7-5496-2677-9
定　　价 / 28.00 元

我将手洗净

眼洗净

心身洗净

文字，也洗净

再整理、排列

让九曲溪的水流漫至我的腰际

我，悟了

我应是天游峰岩隙里一粒卑微的草籽

收集和存储着千年万年的秘密

约你至此，在满目苍翠的青山之巅

于碧水暗流之心

你会放下所有的疾苦

放下世间的繁华和苍凉

来喝这一杯，我沏出的春秋么？

来，用盛夏的热烈

把爱种下

雨季里的茶香，与梦

结伴种下

再慢慢地，慢慢地

盛开

沐手敬书

目录

CONTENTS

第二季 雨水

Chapter 1

第一季

立

春

立春了

我该种下什么

才不辜负春？

许 小 玲 诗 集

水姜花的香，是清凉的

年，一点一滴花掉在时间上
从老家到异乡
我一直在寻找一块干净的
土地，安放水姜花的香

必须把根部的泥块一起挖出
像我，离不开故乡的水土
越是向前走
故乡的距离越拉得更远

雨一丝一丝，把年味洗褪
剥离了冬天的束缚
小区向阳的窗台上
种下一棵
水姜花的香清凉、清凉的

2010 – 3 – 5 夜

在深圳，在南方

在深圳，在南方，我梦想着
有一块干净的耕地
我用敲健盘的手指
翻犁或潮湿或干涸的土地
植下一颗颗饱满的种子
在时间的缝隙里嗅出家乡的味道

偶尔有思乡的泪
细密地浇一草一木，一花一树
不懈地照看，守护
我说，应该让城市活起来
每一个游子的故乡，也城市起来

或者任由她生长各种各样的野菜
和乡下村庄周边那片自留地一样
只要一如既往地
给飞舞的蝴蝶一片产卵的叶子
给城市的童年一朵毛茸茸的狗尾巴草

给春天来一抹茶绿

最喜三叶草
看她们挤挤挨挨，瘦弱的茎干
撑一个绿的小世界
开谦卑的小花
一簇，又一簇

散步或晨练的大妈大爷
经过我的耕地，总要停下步子
用鼻子辨认野菜的名字
这是马兰头，那是婆婆丁
这是水芹菜，那是荠菜
像喊着发小的名字

这块生长在城市里的耕地
或许只是一张双人床的长度
一条单行线的宽度
一床蚕丝被的厚度
一句
家乡话的温度

分段的生命

我们拼命地赶路
向上伸展
向下扎深邃的根
我们拥抱彼此
拥抱雨露与阳光的照耀

时光，骑着黑骏马
呼啸而至，如红色暴雨
高举剑一样闪着寒光的电锯
目光聚焦锁定
落在一层一层的年轮上

年月被分割
季节被肢解
枝叶被遗弃
生命
被分配给一段一段的风景
从这一站，到达下一站

余下的日子，保持微笑

无论成株成段还是成屑

如新生，如希望

含泪奔跑

为生命里的每一个细节喝彩

城市之春

雨在风中踮了踮脚尖
几个乐章过后
花匠修剪过的花卉
蠢蠢欲动，争吐新芽

木棉花开了，勒杜鹃开了
鸢尾花开了，美人蕉开了
黄槐花开了，芒果花也开了
满满当当尽是怒放的欢歌和笑语

一场春雨，柏油马路越发黑亮
街旁的树木葱郁起来
早起鸟儿在枝头吊嗓子
城市，苏醒了

一年的生息就开始了
城市在角落静观
睁着大眼睛

打量路过的撑伞男子

和相拥而行的

如花女子

来不及捡拾的幸福

喝下午茶的时间，我经过
一棵生长在农民工身旁的大榕树
四月里的和风，让人沉醉
也忘了生活的艰涩

一台三轮车，一位父亲
用无法操控生活质量的黑手掌
操控着生锈的车前轮
一位母亲，站立身旁
望着小女儿笑

拾一节路边的小竹签
小女孩的手还是稚嫩的
串起地上半黄不绿的树叶
专注的神情，如虔诚的信徒
小心翼翼而又毕恭毕敬
她把信仰，写进叶脉

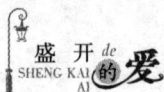

那些

来不及捡拾的幸福

一转身

被路人的脚印掩盖

2009 - 4 - 19 夜

为立春准备一个花槽

立春了
我该种下什么
才不辜负春？

像母亲那样
春光初照
到自己的菜园子里去
用锄头翻起沉默的黑土
叫醒万物

像父亲那样
青春作伴
到校园的讲台上去
用粉笔耕耘自己的人生
浇灌幼苗

我在西照的阳台上
为立春

准备一个盛装了泥土的花槽

种下

故乡和异乡

2016 – 2 – 4 上午（立春）

春天的根

他们赞美春花
也赞美秋叶
唯独，不赞美
春天的根

我爱春天的花
也爱沧桑残败的秋叶
我爱四季的树木
更爱，深植泥土或裸奔的
春天的根

为了一粒种子的发芽
为了一树一树的花开
为了一草一木的叶绿
为了一山一峰的苍翠

春天的根
深埋到自己的成就里

2015 –3 –21 世界诗歌日

杯盏里的静寂

取下云端之上的一滴甘露

煮出一杯沉下来的清凉

润泽世间的福田千万倾

心静里渐趋心定，菩萨说

杯盏里沉淀着温暖

清凉里有佛光

可以洗心

我把自己交付给这一杯静寂

一杯清水般的爱

捧，自己一颗洗净的心

滤去恶缘，心存美好与感恩

涤尽杂念，心神静好与恬安

一些暖

给素昧平生的陌生人

点亮爱与关怀

2016 –8 –25

我拍摄到了风

我在提示牌边上的台阶下河
"雨天路滑，请勿下河"
小河流水轻柔
最平缓处成为静态

环卫工人收割青色的杂草
一年总要经历几个这样的来回
之后，锈电锯沾满
草的香气

我还拍摄到了风
拍摄到风抚触过的物

杨柳垂入相思里
一个快门时间，风锁进照片
蟋蟀的叫声也锁进来

风的舞蹈是亮色的

环抱着富士康小北门的高墙
小雀鸟在低处的花丛间
慢慢地，飞

脸贴着风，我细嗅
每一株花卉开放的心情
和无法统一的色彩

旧衣裳上粘附着新结的草籽
我手提一篮柔软的风
回来，装饰日历里的世界

2016 – 9 – 25

从远古走来一位少女

2009 年 2 月 22 日午后
我遇上，百年的沧桑
在檐角舞蹈
只要抬起头来稍微往右侧的方向，望去
历史的心脏就在那儿脉动

版画村
走到我跟前
已是一百年后的今昔
我该走向哪一屋
去寻找昨天的影子
寻找版画的灵魂，陪它追逐嬉戏

要从"南海画廊"里走出一位怎样的人
才与墙上脱落的石灰相配
我无暇想象
抚摸"版具坊"的脉络
就摸到历史的肋骨

一刀，一条

还是会走向幽怨的窄窄的那一段思念
门前，灯笼红红火火
我可以绕过这一局
绕过这屋，到那屋
绕不开的，是岁月的缠绵跟随

远方的客人
脚步不要太急，太重
请轻声慢语
每一块墙灰会因此而停止落地
每一扇柴门为你开启
每一扇窗会带些午后余晖

我轻轻走动
不敢惊动任何一个灵魂
新砖与旧瓦，历史痕迹或轻或重
把我丢在这里，最好是迷路了
那么，我就可以名正言顺地长居于此

屋外，风光不动声色
地里的，弯腰除草施肥
行走的，驻足点头微笑
田园的和风把乡下的吹烟飘散四处
我抓住的那一丝叫做乡愁

从远古走来，一位少女
2009 年 2 月 22 日午后
你会遇上
百年的沧桑，在檐角舞蹈
只要抬起头来稍微往右侧的方向望去
我的心脏就在那儿脉动

（2009 年 2 月 22 日游观兰版画村）

早春印象

青青的禾苗，漫过脚踝

晨光穿梭在田埂与田埂之间

有一些往日的小事卧藏在泥里

有一种相思长成高过人头的灌木丛

风，总是温暖地撩人心房

老树脱下一层一层棉絮

细雨，滋润了它的枝节

望着桃花抿嘴而笑

一两阵雨雾

催开木棉的花苞

黄昏，街灯把夜唤醒

相安无事相守至天明

谁家的狗叫声，响彻小巷

属于春的寂静

打碎了一地

枝头上的嫩芽探出脑袋

聆听春语

草色来不及细细打扮
沿着春天的河岸飞奔起来
仿佛一夜间
所有的绿色都与这个季节有关
乍暖还寒里
谁在聆听大地的呼吸？

2010 – 3 – 8 夜

寻访鼓浪屿

在海的边缘
我站得像主人一样从容
海面上的风
成就一段接一段浪漫的情事
掠过锈迹斑驳的海岸线
风景静候海鸥分层次的检阅

推开任一扇大门
重重叠叠的往事有尘封的味道弥漫
石灰裸露的墙头上，三角梅探下俊俏身影
倾听
悦耳中又带些苍凉的耳语
只许轻步向前，或是回望
可怜的我，以为一路小跑
就能追赶上远去的尘世和尘世里不该隐没的对错

背后的影子，定格在钢琴架上的白键和黑键间
一个指头的动作，就把
小岛周遭沉睡多年的梦境叫醒

风如爱人的纤手，揽榕树的根须入怀
从胯下疾驰蹿出
一不留神又溜走得无影无踪
任我，低头寻问
仍缄默不语，微雨
由凤凰木的枝桠间挤压，滴落下来时
行走的人儿，围困在阳春三月的清新里
纵使放声呼唤，或歌唱
唤不回枝头往日的绚烂和红晕的脸颊，待到
季节更换新的底片
又是一季，艳

从这栋到那栋
檐角握着檐角，耳鬓厮磨
若是，有微风穿堂而过
落在小院里的玫瑰花枝上
邻屋的夜，添几分香气
我是不该小跑的
檐角的瓦片震落于石板路的那一寸寸光景
"梯山小筑"长长的台阶尽头处
要拾级多少，歇息多久
双手负荷起多厚道的尘埃
倚在"许家园"门口
我不是游客
我是归人

在海的边缘

我应该，应该站得像主人一样淡定

面朝鼓浪石

我是沙滩上随手沾染的一粒细砂

多久的积聚，构造出今朝声威大震的姿态

多少的轮回，洗刷成今朝依水而舞的身影

鼓声阵阵，浪花滚滚

夜里

是谁前来，尽情敲响

2009 – 3 – 5 夜

播　种

厚重的棉袄是个美丽的过错
现在，我脱下那笨拙的言语
来到三月
有些该表达的意思，被提起
我在三月，种下爱

你要怎样的成长空间
三月的温度，会让你快乐
我是欢喜的，如果
你在浅泥里听到枝头小鸟的叽喳
请扬起你的头来
享用清丽的空气
听，这场音乐的盛宴

小溪流水叮咚
风姑娘打着哈欠
小虫儿伸懒腰的声响
春雷乌云间穿梭

所有要出场的都会在这时刻出场

播种了爱，收获的

也是爱

2009－3－13 午

藏　春　天

我假装，不知道你的到来
在夏天的知了声中贪睡
我假装，不知道你的到来
在秋天的谷仓里享受收获
我假装，不知道你的到来
在冬天的木床铺上干净的稻草

把春花散发的香气收藏起来
把春雨感动的泪滴收藏起来
把春雷惊喜的音乐收藏起来
把春风迷人的微笑收藏起来

我要
把整个春天
藏起来
储存在任一个季节里

2011 - 3 - 15 黄昏（雨）

小虫儿与瓶子草

一株瓶子草

高雅的身子见风伸长

诱人的香甜

迷人的绚丽

我是一只深知你的，小虫儿

无法抵挡你的蜜语

投怀送抱，以为找到了

婚姻的入口

要经过的人

要经历的事

没有谁

给我提前暗示过

瓶子里的秘密

纵使

被你消融

终生

无

悔

2009 – 3 – 21 夜

三 叶 草

我在水泥砌成的围墙间隙
认出你
年轻的往事在根部被揭发
记住了
一些人，一些事
而忘记问起
你的名字
我
一直不记得年少时那个夏夜
走失的萤火虫方向

时光从草尖绕到指针
滴答成桃红的小酒窝
要经过多少年呀
四叶三叶草才会宠幸
撑一支纤巧的小绿伞
把一生的缄默
——收纳

2009 - 3 - 27 夜

我们一直追捧的春天

一场比梦更真实的雨
落地有声，昨夜
轻拨心弦
醒来的晨光，还带有
一层薄薄的雾气，缥缈而又鲜活

枝条上的绿，如按捺不住的念想
赋予了无限放大的功能
像青春里塞满的活力
春风是个小魔女
摇曳了四季花开花落的序幕

棉絮里煨出的暖，温和未凉
墙根下斑驳的阳光
穿透厚重的人情世故
换下来的年味
滞留在 2 月边缘，等待安排

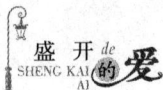

那些散养圈养或盆栽的春色

爬满乡村的韵味，我行走在富联新村

握手楼间的烟火味，是滚烫的

回头望见，我们一直追捧的春天

正从台阶深处

一步一个脚印走来

2017－2－22

Chapter 2

第二季

雨

水

想你的时候

太阳

坏了

种下回家的理由

携一程山水
攒一年的月光
全部用来种植百香果苗
为以后的每一次远行之后
种下千万个回家的理由

我就能够脱口而出
——答复亲友的提问
我是回来给果苗搭棚架的
我是回来浇水的
我是回来除草的
杀虫的
松土的
施肥的

回来，看花一朵一朵慢慢开
住下来，等它结一个个绿色的小果
给足够的时间

至少见证一次金黄色或紫红色的
酸甜可口的果实
成熟落地

从此以后
列车途径的每一个站点
在月圆的清晖里
必是爬满长长的藤蔓

把自己还给了自己

忽略时间

忽略地点

忽略人物

忽略事件

忽略自己身外的一切牵连

邀明月，回到宋代

晚风回到宋代

流水回到宋代

元曲回到宋代

你

回到宋代

回到出发地

那一定是故乡

最后

我把自己

还给了自己

2016 – 7 – 30

一只叫更的鹅

把我赶到山上，就在二鳌山吧
前厅的茶树，老了
香火不断，等我经年
再次拾级而上
乱草丛中，黄泥路上
我不要水泥路，那样缺少虔诚的礼数

夜里，数着草尖入梦
满山的青草，数了一生也未必能数完
星星高不可攀，我宁可放弃
触手可及的草尖
每一个尖尖儿都是向上
星星从来都是向下，只对着我诡异地笑

听泉水的叮冬入眠
揽树林间的风声入怀
沐甘露而净身心
多好的一份差事
做一只在静谧里叫更的鹅

一声两声
向着长空

你若来，天蒙蒙亮就来
让露水打湿你高昂的额头
让清风吹皱你饱满的笑意
你来，一定要拾级而上
背向着村庄
用手中的相思豆
洒一路红尘一路恩典
你来，我用山泉水沏出凤凰单枞
一杯，一个下午

我想想就满足地笑了
做一只叫更的鹅
脖子上系一串佛珠，远离尘土飞扬的城
圈在整齐的竹篱中，山林相伴
我是自由的，我只负责叫更
其他的事可以放下
红尘里的男男女女，来看我逗我
用世俗的眼光，用尘世的语言

我还是愿意
安安静静地，做一只在二鳌山上叫更的鹅

2015－12－15

想你时，太阳坏了

经过雨季的太阳
被雨水，浸了

经过黄昏的太阳
被黑夜吞了

错过你的时候
月亮缺了

想你的时候
太阳
坏了

宋桥小记

到我的黄昏里来吧
我会教你
如何用心，牵手
走宋代的桥

石板路上笑的泪旧的事
在夜里逃逸
你该数数脚印
像小时候那样
不错过任何一个印记

哪怕是最微弱的声音
你也要好好照顾
星空里的光亮
保持不灭
还必须
加上流过的河水
一点一滴

2016 - 7 - 31

保　留

一走，就是一季

这一趟

远行的寂寞里

层次分明地

变换着颜色和尺码

卸下脸颊上的胭脂红

以及眉间的泪滴

奉给月圆或缺的昨夜

关上旧梦，在上午6点整

把绿纱裙上的露

抖落

只保留草本植物的属科

和生长习性

水，醒过来了

我邀来一支莲

沐恩了水声里的清凉

2017 – 8 – 5

白发及腰

千回百转里

择一旧城

一旧屋

安放盛开过的粉嫩

路上会不会有你

左右陪酒，或是前后陪笑

忘掉虚构的年龄

留一脉薄雾在枝头振翅

就是想随口问问

老屋墙上的砖

和屋顶上刚换季的瓦片

要滴答下多少时令的泪珠

要结出多少个昼夜的相思之果

让我等成，白发及腰

你才前来

手牵手，好让我

从皱纹里挤压出一对会笑的酒窝

再陪我

看青山红遍

2015 −12 −14

旧了的月

今夜，满屏的月光
站满了整个世界的目光
那么拥挤的人潮
你如何能快速辨别诺言的真假
分清旧爱与新欢
甚至连诗句也显得拖沓
像是预言了的残缺
又关上天堂里所有的门窗

而我，一出场就选择
十月十四的，凉月
这一轮旧了的月
我望着她，练习发呆
动情处，嗅到她微凉的肌肤
她曾给予过我，她的暖
滤去众生每一个瞩目与赞美
让我得以圆，满

2016－11－14

蓝塘的每一朵桐花都开了

毛毛细雨，从春天的门前走过
在饱经年轮的老屋瓦片上停了下来
让墙留出一块空白
雨水不曾为稻田旁的小河留下任何话语
尾随水草生长的方向流淌
村头的小石板桥，忠贞地守候
这一方圣地

一两声狗叫，村庄从睡梦中缓缓醒来
竹叶尖上的雨滴欲去还留
你的灿烂如新泥里钻出的嫩芽，清丽动人
纵使漫不经心早起走过的农人
一抬头，便撞见你粉嫩的脸颊
屋前屋后，竹舍茅屋，满山遍野似地
每一个翠绿的山头都有你的倩影
满树都是含苞待放，风轻轻一抚就盛开了

纷纷扬扬，飘散在湿漉漉的土地上

像母亲一针一线绣出的花手帕
你在花开的清许如兰里，一分一秒
飘舞着粉色或白色的花瓣，盼我回乡
我在城市的车水马龙里，一寸一步
追问着大巴或是小巴的班次。许下诺言

蓝塘每一朵为我盛装出演的桐花啊
请等等我，再远再远的距离
我也能听见乡音的韵律
当我，舟车劳顿回到热恋的家乡
站在青山之巅，定将一如既往把你轻拥
舞出缤纷里最美的一曲

二鳌山上佛的指引

或许是千树万林间
鸟鸣的缘故
抑或是，二鳌山上佛的指引
光的照射
又或者是，冥冥中
内心无限次地对山对水的牵扯

晨钟暮鼓的洗涤
晨星与夜月铺满来路
我在佛前跪下
午后竹林间的茶炉炭火
次第点燃
请允许我，把自己寄放在此

留一张洁净的蒲团，给参拜者许愿
留一股欢愉的清泉，给后来者清洁
留一杯甘美的清茶，给行路者净心
留一山的秀，留一树的绿

归还给自然万物

若是心腹之地还有未除的杂草
还在等待未曾到达的美梦
请统统交付给光吧
晨光也好，暮霭也罢
生命历经苦难
穿越千回百转
于此汇聚，一定是缘

2013－2－27夜

崇德堂的 99 个门

推开崇德堂的正厅大门
我要找到你

推开崇德堂的孝善之门
我要找到你

推开崇德堂的书斋之门
我要找到你

推开崇德堂的深闺之门
我要找到你

推开崇德堂的后院之门
我
要找到你

推开崇德堂的东门
南门西门北门中门，前门和后门

我走向你

我推开崇德堂 99 个门
意外地发现
你在我心里

2016 - 8 - 2

母亲的瓜棚

那么白的月光
发一样白
和母亲的头发一样白的
月光
落在母亲一手搭建的瓜棚上

萤火虫摁灭灯盏，来瓜棚下
帮没上过学的母亲数瓜
一个冬瓜
两个冬瓜
三个冬瓜
四个冬瓜

五个冬瓜
六个冬瓜
七个冬瓜
八个冬瓜
九个冬瓜

大的小的，一个也没落下

那么白的月光
发一样白
以至于我以为，一整个
月亮
落在母亲一手搭建的瓜棚上

2016－8－13

一个人的一天

午后有阳光，在脸上盛开成一朵烈炎木棉
你沏铁观音的手灵敏周旋于茶杯与茶水之间
没人知道，它曾喂过猪拿过锄头
甚至抓过田间啃坏庄稼的害虫

夜里总会莫名地醒来
在暗下去的城市里想念故乡的鸡鸣
你小心翼翼捏一撮城里的微光在你手心舞蹈
你一直掂量，一直掂量商品房里
稻谷的产量会比乡下的黑土地高吗?

你用掉整条街道的慌乱寻找，走失的记忆
你用掉整个城市的灯光也找不到青蛙的居所
你保持乡音用手比划表达你的思想和行为
你保持行走的速度把短短的一天过得长长

写给母亲

立夏了，母亲
我让所有的春花，为你重开一遍
尽管你无暇顾及，春花的烂漫和芬芳
此时的你，还如年轻时那样
不知疲倦，劳作于田间
握住锄头的双手开满了冬天的裂口

你顾及田里的庄稼和家中的牲畜
顾及脚下每一捧泥土
顾及播种、灌溉、除草、或者施肥
顾及劳作后的收成，所有的心思
都安排在重复的耕耘与收获上
有时候，你甚至忽略了你的三个女儿

我见过你种下的红薯，会开紫色的花
木瓜花是嫩白嫩白的，像牛奶洗过一样
鱼塘边的无花果结粉色果子
桑树每年雷打不动地结满紫红色的果

荠菜开细碎的小白花
荷兰豆也开花，开成一面紫色的墙
你把世界调成缤纷的模样

等一拨一拨的农作物归仓了
我们长大了，你日渐年老，短发披霜
在夜晚，戴上断了一只腿的老花镜
手执钩针，一针一线钩五颜六色的花
尽管这样，我还是要
让所有的春花为你重开一遍
开在你劳作的田野和山坡上

2011 –5 –8 夜写给母亲

我只能侧过身，爱你

离开的痛感，从毛孔最里端开始滋长
泪一行一行，把白天浇灌成黑夜
亲爱的。我怕一个人在夜里听
露一滴一滴，从叶片掉落在地
凝固成堆积如山的思念
如心坎的血液突发性堵塞
我只能侧过身，爱你

我只能侧过身，爱你
如心坎的血液突发性堵塞
凝固成堆积如山的思念
露一滴一滴，从叶片掉落在地
亲爱的。我怕一个人在夜里听
泪一行一行，把黑夜浇灌成白天
离开的痛感，从毛孔最里端开始滋长

茶 客

明天，我要起个大早
晨露未开
和往常一样，梳洗洁净
去石壁山，泡茶
重温十七年前的梦

你来不来都没关系，我还是要等
等待每一滴漱玉泉的甘露
等待，每一个上山的行人或茶客
向他们打听，你的消息
十七年了，漱玉泉水依旧叮咚
十七年了，石壁山依旧巍峨
十七年了，我想要的
和你所期待的，能否相遇？

找一个不容易被行人打断清静的茶亭子
红泥炭火炉上，陶瓷小茶罐里
往事升温，我闻凤凰单枞的茶香

见你盈盈笑脸，一如当年明亮
风轻拂着这清静的圣地
于殿堂前叩拜
只不过，只不过
想找出你当初，留下或离开的理由

炭火烧得正旺，茶已过几道
你正在来的路上吗？
山林中小鸟细声鸣唱，叶子无声落地
已入冬了
你来不来都没关系，来不来，都没关系
我还是要等，等待每一次冲泡的激情
等待每一道茶香被山风带走、飘远
等待每一口茶汤或浓或淡的心事
等待，每一个上山的行人或茶客
向他们打听，你的消息

听电影的钱塘桥

"钱塘村放电影了"
喜讯从桥的那头传至这头
漫延至小东村的小巷小院

农耕的村民们会比往常早一点收工
田里归来后着手准备晚饭
放学的孩童没多余的时间和小伙伴玩耍了
各自在开饭前完成作业

这个适合放电影和看电影的夜
风轻、云淡、月有点光
好像一切都准备好了
去赴一场露天电影的约会

我和四姨，合力抬着一条长板凳
一手拉着小妹从钱塘村的石板桥上走过
乡亲们亦步亦趋紧紧跟随
石桥下，河水轻声细语

卖酸李的炒瓜子的早在桥头摆摊设点
吆喝声响起来了

依旧是在桥前面的那块空地上
依旧是《地道战》或是《小兵张嘎》
依旧有村民们开怀的笑声和孩子们的嬉闹
黑白电影染上了喜乐的色彩
依旧是，河水静静地听着电影

月色与放映机的那束白光融合起来
投射在那块旧了的正方形银幕上
孩子们淘气的小手丫不时在上面划过
或故意去"触摸"影片中的人物
直至，电影未完而睡意来袭

时间从不肯为某一个特殊时刻多留一会
当剧终，当人群散尽
南宋的月光依旧
偎依在钱塘桥的每一块青石板上
听着河水的呼吸
等待下一场的迎和送
如年少的我等待每一个放电影的夜

2015 - 5 - 7 夜

备注：钱塘桥，也作陈塘桥，宋代建成。距今700多年历史。

石壁山上品茗

冬日，赶在冬至来临之前
携妻带女，上石壁山品茗
纳海楼的微风和阳光
落在雷音寺的门楣
寺院里，木鱼声声
三两只小麻雀叽喳着
沿着油麻石铺就的台阶舞蹈

年少的我
有一段梦幻般的青葱岁月
我的眼神随着岁月的方位，往回走
在品茗的人群里搜索每一个青春的脸面
幻想，捕捉那最初的第一道茶香
林中小径幽静，女儿的一声叫喊
我从梦境里逃离出来

红泥炉子里的炭火烧得通红通红
妻放下手中扇火的蒲扇，冲我微微一笑

右手端起骨瓷茶杯，小饮一口
茶香袅袅升腾，没入空中
我在茶汤里品到了幸福的滋味
我劝退往事
再把茶杯端至唇边

2010 −11 −21 夜

备注：石壁山，饶平县重要地标"粤东一壁"（风景区）。

思念分行成雨

走一趟春夏秋冬的路

流一桌酸甜苦辣的泪

还是找不到，爱的位置

何时丢失了你的方向

何地遗忘了你的名字

我想一起走，一起走

就能找回原来的你，和我

把注意力集中于秋天的虫鸣

唤醒沉溺于思念的种芽

或是，追究季节更换的责任

你总是这样匆匆，这样匆匆

带来伤痛的引子

把这一节令的台风统统收纳

思念便分行成雨滴落的形状

用刀在门缝处挖一个不需很大的缺口

你看清我内脏包装的材料么

沿着隧道，雨转换了滴落的方式
思念朝着出口或另一个入口爬行
光如没有被粉刷过的雪花般刺眼
你在途中
变道行驶

2009 – 8 – 22

23 号小木屋

从点点繁星里走来
我们的身体
沐过清早第一颗露珠

你的体温，靠拢我的体温
青春的黄昏涂上了暖色系的调
用你的双手感知，我的双手
抵挡光阴之箭小小的鲁莽
请允许我们靠近一点，再靠近一点
记忆回到我们的裙裾，飘扬

走过"渔民新村"长长的廊桥
我在 23 号小木屋的屋里和屋外
认真地，想我们

肩并肩着，赏起飞的白鹭
欢愉地振翅，然后离去
等海面上的微风，点染点滴的喜乐

揣满怀抱的回忆
还要喝醉杯盏里的暖
一口又一口，聊不尽还是心语
落幕的，是今天的霞光

2016 – 8 – 3

宝贝，妈妈也曾这样想

宝贝，妈妈也曾这样想
播一粒小小的种子
就以为会长成一片森林
刚刚播下，掩土
就开始一秒一秒的等待
破土的欢乐和花蕾的含苞
常常地，泥里的每一抹绿意
误会成发芽的萌动

宝贝，妈妈也曾这样想
天天关注，时时挂牵
就长成心中那个设计了好久好久的模样来
每一夜的雨露都当成大自然恩泽般看重
每一个晴天，生怕它晒黑晒疼
每一个雨天，又怕它遇溺

而当有一天，所有的芽苗撑起羞涩的叶片
不要怀疑，这的确是你种下的
和理应长出的

距　离

城市与故乡之间
是有距离的
按路程上叫公里
都市里的城门
锁不住乡愁的心
我在岁月中被时间
边缘化了

离稻谷成熟还有些日子
我继续
往流水线投放青春与汗水
不敢轻易往打卡机里
赚取廉价的加班费
再去测量
流水线与稻田的距离

2010 – 6 – 23

满怀的月

乡音把我灌醉，所有的
该是静态的开始无节奏地舞蹈
稻田也好，池塘也是经过月光的筛选
变得优雅

于是，我爱上了远山的
清
明
无法分清，这月光
是属于故乡还是异乡
任它一路不离不弃追随

村里的中秋月，在黄昏后
被光脚丫的乡下孩子喊出来了
小巷口响起"回家吃饭啦"
月光，只是静谧地
笑着

2009－10－20 夜

旧 名 词

有些声音

在电话里传出

旧名词陆续前来

新米粥

薄壳米

小暑与大暑之间

母亲用她六十几岁的手指

剥出一个个白嫩香甜的荔枝肉

每天收入三十几元

足够一天的日常开支

父亲依然骑着自行车

戴着白色旅游帽和太阳镜

去西山寨的山脚下取水饮用

甘甜的山泉

是泡功夫茶的好水

这样的声音
又在电话里响起
旧名词依然前来
新米粥
薄壳米

2010 - 7 - 21 黄昏

夜里的光

村庄不大
孩子们在晒谷场上无忧
玩耍
月光静静地

城市很大
游子们在路灯下为生存奔波
夜光静静地
看着

幸好
想念月光的心情还没老去
城市入梦
抬头笑问夜空
高楼林立如杯盏交错，而不语

干净的风吹过
想念有月光到达的地方
和月光下的人

2010－7－20夜

Chapter 3

第三季

小满

请静心聆听
这盛开的爱
每一个花瓣每一片叶子的呢喃
这泣血的坚贞
带泪的海棠
一朵，两朵

握住你浅浅的酒窝

他们，收割着你的微笑
欢快了镜子里不真实的头像

你微弱的呻吟，在刀口处响起
瞧那盛开的样子
像天边的天狼星，一地光芒
荼蘼的模样如屑
暗淡了
春光

他们捧起你的微笑
向歌者献礼，向情人们献媚
我握住了
你浅浅的酒窝
在上颌第二双尖牙与第一磨牙交界处

我们唯一的沟通语言是咀嚼
告诉你我想填充一个海一样大的胸怀

拥抱你所有掉落的微笑
浅浅的酒窝，细白的
乳牙

再用一个干净的透亮的玻璃器皿
种一亩花开

2016－2－23 夜

这样的话，我就以为我们在一起

你出生的村庄，我要住进去
熟悉一弯山路，一弄小巷，一道田埂
你吃过的食物，我要尝一尝
酸甜苦辣随你的味
你听过的歌，让它单曲循环
你捧过的花
我要种上一畦

走你走过的路，行你行过的桥
喝你喝过的茶，品你品过的酒
读你读过的每一本书
落叶夹在相同的页码
看你看过的电影，同一影院同一座位
手握你执过的毛笔
借你手温写下
"惠风和畅"

这样的话，我就以为我们在一起
山盟海誓过

2016 – 8 – 1

纵使，你只是要了其中一朵

玫瑰五千，哪一朵是属于你的
你看，为赴你的约
穿过幽深又漫长的冷冷清清的过道，而来
走向的是另一种辉煌还是颓废
不能这样，宝贝
我答应你的，一定让玫瑰在合适的季节里如期盛开
怒放成一个花季
纵使，你只是要了其中的一朵

你说，满园的玫瑰都朝着你笑
像向日葵
而你，是头顶那唯一放射光芒的太阳
这怒放的生命
如果，你不能关照到每一朵
那么你应尽早地选择，无论是方向还是位置
我怕迟了，花期一过
你会忘了老早就在心里定位过的选择
这不都事先说好的嘛

来，轻轻地来。最后轻轻地离去
留下余香，让等待依旧等待
每一朵玫瑰都不是无缘无故地怒放
当有一天
泪水风化成记忆深处隐隐作痛的恶性肿瘤
你是否记得
那曾经为你怒放一季的五千玫瑰
纵使，你只是要了其中的一朵

冬眠的爱情

中年，我冬眠醒来
起身去追逐萤火虫的光速
牵微风的手，在溪谷野炊
整理"春秋七草"
和白天的云儿躲猫猫
顺便捡拾，童年
那被我荒废经年的圣地

晾干一张一张洗净了的糖果纸
折一只有翅膀的小昆虫
保留，甜甜的味道
挂在下弦月上哼童谣，不忘
给每一个发小取个好听的外号
梳两条大小不一的辫子
然后，我们就不需要爱情了

2016－7－20

陪一棵细叶榕静坐

调整心率

保持与果子落下的时速

我静坐树下，蜂鸟在枝上

豆大的榕树果子把我淹没

我端坐着

什么也不想

甚至任由想象

把烫染过的干枯发丝

植进泥土

我嗅到细叶榕均匀的

呼吸

像刚出生的婴儿

2016－7－25

魔 法 棒

经过一座旧城堡

是子夜，有十六的月

在第七街区的长椅上

一支细弱如幼竹的魔法棒闪着光

她用小寡妇般幽暗的眼神

望了我

一眼

不能靠近不能停留不能回眸，我告诉自己

向前走

向前走呀

沿着河岸，趟过小溪

洗净我的双足，不停地

向前走

就到了她的跟前

2016－7－17

找个角落，花前月下

那是你亲手摁下的
一个个快门，连连
备份着我
和我们，轻奢的记录
啊，多少年了
人生的快门
无关痛痒更无关甜言蜜语
最好最疼的真
在柴米油盐里的每一个分秒
我们只是
换个地方换个角度
重复唠叨唠叨
类似于
将剩饭菜炒出山珍与海味来
仅此而已

2016 –10 –2

盛开的爱，一朵两朵

前世，我在北窗下想你
你熟悉的地点
我把自己深埋进潮湿阴冷的泥里
历经风霜雨雪
经过菊花，经过山茶
一朵，两朵

今生，你我在北窗下相遇
你熟悉的地点
我等待你的目光善意滋生
你我萌芽、成长
一起盛情开放
一朵，两朵

路过的知情者
请静心聆听
盛开的爱
每一个花瓣每一片叶子的呢喃

这泣血的坚贞
带泪的海棠
一朵，两朵

彼 岸 花

你听到了吗？
有一声叫唤
来自彼岸拖长了声音的回响

秋分的岸，开了
为你燃烧一路的彼岸花
叹春心未央

这片血色花海
浸染了，此岸
胸前雪白的衬衫

你记住了吗？
这一生
我的绚丽

2011 –10 –1 夜

请为我写一首诗吧

请为我写一首诗吧
哪怕只是一句

而这一句诗
那该是怎样一种刻骨铭心的美丽
在千万年后
众人拿着你的诗稿在诵读的时候
我也被包括在其中

这是何等的荣幸啊
还记得那片种满向日葵的田地吗？
那么多都争先恐后地抢着面向阳光
而阳光，是不是也照顾到了每一株呢？

当有一天，我们都老了
再回到当初的相识
你还会记得我曾经的模样
我相信，你一定只记得我的美
只记得我的好

原谅我，不能给你最好的表达方式

我能做的就是在有限的日子里

为你写下一个一个的字

这些字，你不需一一记在心上

在你的眼里，在你的心里

一切的美，缘于一切的宽容理解

让爱走动，经过你

选一个不容易被你发现的角落
最好连自己也不知道
把躯体躲藏起来，躲得再隐蔽一点
真怕身边微风轻轻走动，泄露我想你的消息

我躲藏过的地点，被爱自私圈起
像是一座城堡，有着高深莫测的围墙可爬
又像是一条大河，拦截所有四处行走的脚步
风依然轻轻走动

空荡荡的躯壳里少了你的气息
我已在四季里安睡，久久
当风再一次前来叩响我的窗棂
往事已如烟

八月的桂香沾染了夜露的青睐
你我又怎能躲避掉有关爱的包抄
就算，这头东躲

那头西藏

信誓旦旦的诺言——被下凡的神明唤醒
穿过森林，河流急驰奔向大海的怀抱
而你
将会在哪一刻奔向躲藏多时等候多时的我

河流漂移，不停漂移
风速吹散我曾暗暗留下的记号
相知的目标眼看着遥遥无期
漂泊半生，游离半世

我求主的恩典
让爱走动，经过你
经过我
让躯体和灵魂有朝一日终能相濡以沫

2009 - 1 - 17 黄昏

心　弦

春季已过
我以为
再也不会有连续的雨
飘洒在你曾经站立过的窗前

拂晓的一声雷响
由远及近
扣动沾灰的心弦
我想起了你

从今天起，答应自己
每天为你写一首短短的诗
注满我长长的爱
不管天气的好坏
心情的阴晴

2010 - 6 - 26 夜

孤独的树

我所认识的树不多
最爱拥抱蓝天的凤凰树
在清湖村的桥头，张望
来往的车流
和人

夏天的台风总是频频来袭
细碎的叶片和鲜红的花瓣
在清晨，哭泣
铺满桥面的红
阳光下如血，流动

失落了星星的月光下
我揽着这棵凤凰树
来夜里，入梦

梦里，我长成了
这样一棵
随乡愁摇摆的凤凰树

2010 −8 −31 午后

触摸到的爱

你的手尖，和我的手尖
触摸到的爱
是黑夜里绽放光芒的火种

那些个生命和灵魂
听不到，千言万语的诉说
那样的夜，不掺任何虚假的黑

我掀到第二个章节
流落街头的泪水提前回了家
翻滚成袖珍的小海洋

我又忍不住
忍不住用家乡的口音
一字一句，为你诵读起来
"假如给我三天光明"

假如，给我三天光明
让光阴老去，让
你的手尖，和我的手尖
牵手无数个夜

2016 –11 –24 夜

草尖上的风

雨季的间隙

有一抹阳光

透视着春色的羞涩

透视着羞涩里的温情

草尖上的风

站立成一堵墙

梦着

更远处的景

和更远处的人儿

泥路上的脚印一串串

是伸向远方的

听说木棉刚开过

桑椹才绿

我还是望不到

你

振翅高飞的希望

2010－2－24

收 集 者

我是
一个小小的
收集者
收集着大自然的馈赠

瞧
我已收集了
春季的柳枝 清风 花香
夏夜的萤火虫儿 蛙鸣 知了
秋天的稻浪 菊黄 橄榄枝
冷冬的麦地 白雪 枯树

恋爱的年龄里
收集了你

2010 –7 –23 早上

不定期想你

好想有一个计时器
一个可以知道想你日期的计时器
这样的话，我就可以好好地安排一下时间的边角料
不管是环境还是气氛
我想渲染得重一点，或许说是淋漓尽致一点

然后，我每天就会痴痴地等待
为这样一份早有准备的想念，苦苦相守
找一处只容得下你我的小天地
那里应该有蓝天白云，有轻轻的风吹

可惜啊，所有的一切都不能如期地安排
所有的想念总是不期而至地造访
我措手不及，我躲闪不及
只能在定期的生命中
不定期地想你

编 织

一针
一线
细细地，编织

你的脸，多像
黄昏前的火烧云

不如，把你的模样
织进我的日子里

可我没有合适的线
勾勒你的泪眼

我把针
织进自己的心间

陪你一起
忧伤，或是欢笑

2010 –9 –28 夜

到　达

要走多远的路
才能到达你

在下一个季节到来之前
我必须先记住你

古书里的人都在猜测
季节里流行的元素

穿哪一朝代的服装
才与你般配

或许这生
或许来生
我终是要
到达你的

2010 – 7 – 10 深夜

来驯服我吧

有些偶然
没有一定的理由，就如
总想，在春天种下些什么
这个魔鬼与天使共存的播种期

他们说，三叶草是魔鬼
可我爱的是天使啊
你滋事般占去我仅有的土地
席卷走所有的，说是爱的信物

走向你，深渊万丈
面对你，折磨一生
你来驯服我吧
在每一个角角落落

若能，睡在你怀里
看花儿含羞，低头而不语
手触之处
该是满满的幸福花语

2009 - 4 - 1

慢慢长，迟迟开

秒针蹑手蹑脚地走
四季柠檬应该有足够的时间
仔细开好每一朵
转身去调整
与蜜蜂约会的时差
再结个青涩的小果子
不迎合季节
不抱怨气温高低

顺着虫眼
看小青虫，变老
或者让丛生的小葱兰
一根一根地长，一瓣一瓣地开
我的裙裾合拢在 11 月末
落日的余温
为夜夜歌舞的夜莺
裁一袭长眠的睡衣

盛开的爱
SHENGKAIDEAI

Chapter 4

第四季

夏 至

我着一袭蓝色的长裙来这城楼上飘扬
有大海的宽
有天空的阔
鲜活了旧旧的古城
鲜活了
窄窄又深深的所城小巷

许 小 玲 诗 集

第一道光

在清湖市场的小贩手上，我
用 1990 年的 2 个小时加班费买一把葵扇
升腾起招摇过市的歪念

左手是现实
右手留给超现实
来来回回地折腾，晃来荡去的存在感

3 块钱的风，有鱼贩子身上的味儿
一转身又是蔬菜味的，而更多的
风大部分是动物的肉骚味

我逃离时途经一片旧工厂废墟
看见南油工业区的狗尾巴草上那段芒尖
向着天空
写下第一道光

2016 - 8 - 21

我的身体穿过处暑

合约上注明
必须如实回答季节的提问
要长成亭亭的错觉
在幽深里生出脉脉害羞来
约会吗
太阳刚刚好，套进我的身
我的双手安放在胸前
跳过几道抢答难题
逃过几只青蛙的追求
来到这带水域
来到昨日的正午
来到你跟前
立于一池风生水起间

2016 - 8 - 23

我们都需要海水滔滔

到了夜里
脱下白天的容貌
轻抚妆镜，微观
夜幕低垂的身躯
梳理人前那副理想面具
睡意纷扰
如尘土轻扬
陌生了所有人的日常
村庄，山坡，老树，稻田
逐一落座

点燃一盏一盏心灯
菩提叶就绿了
光影交织着，盛夏的白云
走着，走着，也各自回家了
剩下血液里的梦想
支离破碎
我们都需要海水滔滔
报以热烈的应和

2017－5－12

慵懒的小资午后

走上前去，恋人一样
贴近她的左心房
倾听，如山泉的叮咚
如轻洒的春雨

一棵又一棵的古茶树
继续睡着下午觉
小猫伸展它妩媚的腰身
于书桌
阳光正好落在三点一刻
慵懒的小日子，忘掉时光

你游走的姿势与茶汤深浅有关
像一尾向往大海的小鱼
你寻找的归宿
墨已干
荷叶已连连

2016－8－15

停止收割

天气好的时候

我们会在自家屋顶播种成片成片的

蓝天

白云

和微风

至少种上一万亩吧

我们还种植当季的艳阳

让它在白天热烈

在空调房里高冷

我们间种香樟味玉兰味的树荫

午后

人行道的隔热砖就凉快了

环卫工卖力地追赶时间的阴影

由东向西，顺着和平路刷新

红色的脚手架通往下一站

我们停止收割

看地铁延长线的进度

连接建筑工人的柴米油盐

看大地连接苍穹

夏日的轻盈

用轻快的足音，丈量天游峰的尺寸
素白的裙裾沾满了九曲溪的茶香
我开启了正常的思维模式
裙裾是属于长有青苔的石阶，和山风的
山岚的雾霭，应该模糊掉我的容颜

历史在大鹏的青砖上刻下"明清"二字
我着一袭蓝色的长裙来这城楼上飘扬
有大海的宽，有天空的阔
鲜活了旧旧的古城
鲜活了，窄窄又深深的所城小巷

正午时分，我在斑马线上小跑起来
3.5 英寸的白色高跟鞋听从绿灯的节奏
手臂的汗毛还亮着太阳般的金光
我是一团梅红色焰火，穿过夏至
在每日必经的香樟树旁，让裙裾安静

2016－6－30

初见茑萝

初见茑萝，在七月的九龙山庄
和风吹拂一片红绿相间的花和叶
绽放成一个叠加一个的五角星的
藤蔓花海。而已

一朵花是一颗星，白天的黑夜的星
此时我满满一怀抱，花儿
茑萝正闪着光芒，认真地用力地活
惜一段缘，结一次果

我要守住我的城，到花海的尽头处
一路捡拾，被朝霞遗漏了的种子
向寡言的阔叶相思树说说心里话，尽管
花期已过，夜露渐凉

2016 –7 –2

一日三餐

把小葱装进来

把嫩豆腐装进来

把白醋陈醋装进来

把青椒甜椒小米椒装进来

把鱼呀肉呀米呀油呀装进来

黄瓜青瓜南瓜冬瓜木瓜苦瓜装进来

白菜生菜芥菜韭菜花菜油麦菜装进来

把一日三餐的酸甜苦辣装进来

日子是否灿烂，是否红火

取决于你，选择什么颜色的环保袋

盛装进什么样的菜

2016－7－3

不　遇

大暑。第二天
广场上的舞者狂热起来的
内心的焰火漫天

我绕行到菩提树下
金钱草上，露珠儿用眼睛仰望
唱歌的蝉

你许下诺言，要守住一个秘密
真的不会很难
只管一个劲地喊"知了，知了"

你用过的好词
我尽量避免再次与它们相遇
不管是来路，还是归途

我忙着让太阳升起，错过了
站立在草尖尖上的露珠的
一次相遇

2016－7－23

赏 莲 人

细碎的雨，湿漉了深圳
洪湖公园里的莲
一支支清瘦的莲柄向上伸展
风雨，净了她的心身

每一个前来赏莲的人
游走于莲与莲之间
整襟轻拂内心的微尘
像亭亭的莲

我和大海一样色

按照约定，来看海
看长大了的夏天里的蝉鸣
云是她薄薄的羽翼
午睡时间
我开始为大海宽衣
外衣一件，蓝色
衬衣一件，蓝色
贴身小衣一件，蓝色
躺在阳光里
我
和大海一样色。

2016－6－24

光的对话

七月七，我无法
把日和月分开
像分开自己的左手和右手
留出有意义的欢愉
像海天之间的那一段私聊
是否有着甜蜜的梦
提醒着层次分明的四季

你放下七彩的虹
在九娘山上挂一弯小小的镰刀
青青的山岗抹上最清最冷的银色
杨梅坑的海风飘摇着醉眼人的朦胧
让光与光对话
让光照亮着光
你我，只是知情的旁观者

2016－8－9

七月的忧伤

七月都已过半了
凤凰树，花未开
知了仍未开嗓
萤火虫儿还没亮起

翻阅去年花开的枝条和叶片
惊动了一只瘦小的稚鸟
是谁，扰乱了
夏日里本该隆重出场的主角

脚下无人欣赏的车前草
和花圃里的艾草
途经暴雨的冲刷，更显翠绿
却弥补不了季节的过错

这样的话，我还是愿意
蹲在夏季微风吹拂的裙裾
为一树的花开
不能自拔地等

2013－7－17 晚

萤　火　虫

春一点一点，退了
退入缀满星星的夏夜苍穹
初见你的那个夜晚
萤火虫伴着舞，忽明，忽暗
我抓住其中一只
泄露了我的年龄

大人们忘了告诉我
有关萤火虫的寿命
尽管，我捧在手心小心呵护
天微亮，没入繁花杂草中
不见了

我只能眼睁睁看着，看着
思念的理由
有必要闭上双眼一点一滴地咀嚼
像牛一样反刍，最后
消化掉

这是一个无人能够精确计算出时间的过程

我一定要告知年少的孩子们

有关萤火虫的寿命，以及

我想你的心事

2009 – 2 – 23 夜

伸过窗前的枝

夏天时
走过小树的身旁
期盼着，快快长大
某一天
为我挡住火辣辣的阳光

十几年过去了
小树朝横向和纵向生长，枝繁叶茂

坐在阳台上看书的时候
树枝在窗前随风摆动
光影迷离间
恰似我多年前深交的女友
含情脉脉

2010 – 7 – 13 午后

从黄昏开始快乐

有些光芒
嵌入记忆深处，不曾退化

七月的炎阳下
庄稼地里的稻田
由绿色转向金黄色
十七岁的裙裾
和稻穗有过亲密的接触
我低头
弯腰
纤手拾起谦卑的智慧

黄昏时分
田间散发出杀虫剂刺鼻的味道
越过一垄一垄的稻浪
清凉的夜露
来叶尖上汇聚

我是一个农人
从黄昏就开始
明天的快乐

2010 - 7 - 12 夜

半 边 莲

是的，是七月
热浪经过一夜的喘息
住宅小区里的黎明
小麻雀在凤凰木上早早醒来

太阳准时升起
风沉闷地掠过枝头
没有湿度的
渴望雨水降临

半边莲蛰伏在草丛里
开淡紫色小花
一滴露珠
在叶片上闪亮

2010－7－4 中午

守夜的青蛙

我愿做稻田里守夜的青蛙
水是我的温床，稻子是被套
只要一抬头
稻田上空的星星
与我作深情款款的交流
我守住了
夏夜里萤火虫的光亮
等待天明，和早起的虫儿
吸吮稻穗末端的清凉

我愿做稻田里守夜的青蛙
田野给我家园，大地给我和风
只要一抬头
稻田间来来往往嚣张的害虫
变成深夜里美味的点心
我守住了
颗粒丰收的最后防线
等待收割，和勤劳的庄稼人

拥抱稻穗的喜悦

我愿做
稻田里守夜的青蛙
为夜的生活
奏一曲
深邃幽远的天籁之音

2009－6－20 午

城里的河

大多数人的瞳孔里

所显示出来的

河，是可以用来自由自在游泳的

蝶泳 仰泳 蛙泳 花式游泳

啊

这么多的方式足够令人

清洁一生

清洁一城

站在华强北商业圈的人行道上

我热热身

一头扎进车水马龙里

试图游回故乡小镇

用我多年没使用过的蝶泳

入流成河

我一再地回望过往

而我

在河里没遇见儿时的玩伴

2012 – 12 – 16

Chapter 5

第五季

秋分

我慢下来
看秋葵结籽，柠檬开花，石榴落叶
写意墨染深处的延伸
换行处
闻一闻
莲一样的心境

许 小 玲 诗 集

位　置

我需要捕捉
躺卧在博物馆里的时光
推开历史厚重的大门
拉长语调轻声呼唤
妄想在寒冬里收割春天的嫩芽

往事细心地牵引一些片段入画
遥远的，和近处的
模糊的，或是清晰的
画里的，又或者画外
溢满着滚烫的喜怒和哀乐

鲜活起来的梦境多么美好
没有谁不沉醉于无止境的海域
我似一条盲目的鱼
游弋在荒凉的大海
突然地
就找不回最初的位置

向日的葵

背靠着风
有洞的袜子正吹起口哨
停顿下来的美丽
是夹在门缝里的青榄
涩涩的汁液

一双稚嫩的小手
和甜甜的笑颜，把春色征服
至少要准备
一只盛装鲜花的瓶子
或是盛装果蔬的地

细细的竹子搀扶着
一棵，向日的葵
背靠着风
学会叛逆

26 号月台

晨露未开

或更早之前出发

不需太多的粮草

金银珠宝，依旧

按兵不动

北斗七星会明了

你我生命的轨迹

从东广场 A1 检票口入戏

取一枚小小的绿松石

当胸针

别在人潮拥挤的 26 号月台

把手给我

把我给你，继续走

更长更远的路

2016 –8 –26

备注：绿松石是代表第 18 年结婚纪念

慢　下　来

打扫完周六的厨房
时针正好指向上午与中午的间隙
我坐下来
不晓得怎么形容落笔的手势
握住的那一瞬
停顿在一阕词上

这个节气不适宜剧烈的长跑
我慢下来
看秋葵结籽，柠檬开花，石榴落叶
写意墨染深处的延伸
换行处
闻一闻
莲一样的心境

2016－8－20

不　争

入秋以来
一个守夜的人
一次次，站在浴镜前
顺着逆时针方向
摘下光环
揭开面纱
丢掉身体里彩色的部分

不争一分秋色
如一幅白描
静默着
突然，就好想再为你
留起一头灰白色的披肩长发
证明走过的灿烂
和芬芳

2016－9－21

九月心境

晨光，越夜越凉了
眼看着小秋装已披到月亮肩上
四号地铁的延长线
就要系到农民房瘦弱的腰部
微风里，我蹲下来
试着与每一棵植物握手、谈心
聊一聊，天气的好坏
肉菜价格的涨跌

偶尔闭眼，侧耳
聆听枯叶最后的一丝呼吸
主动去疼爱
一两朵花的盛开和落幕
用不分别的心
为杂草浇水

植物们按正常生长的模式
茂盛着它们的茂盛

放手让淮山豆结它的籽

紫薯攀爬远方的蓝天和白云

不计较，月圆了又缺

按正常的生活程序

我端上一份早餐，侍候

闲置下来的

九月心境

2016－9－17

咖　啡　杯
——写给 SY

多年前，你送我的
咖啡杯还在
我仿佛又见十六岁的你腼腆成三月的桃红
一脸稚气和我争抢着一元五角的冰淇淋
你舔一口，我舔一口
春讯在工业区的灯火下若隐若现

多年来，我一直用它盛装思念
慢慢搅动，时光
被我喝掉了
杯托的花纹还是那年绽开的迎春花
绚烂
只需一个弯度不必太大的转身
你倚在那扇门上，就回到
最初的相遇

2009－2－17 午后

备注：咖啡杯是蜜友林素燕送给我的，见证着友情。

寂寞大梅沙

枯萎了夏日
潮来潮去
淘尽尘世人群
喧嚣不再，热闹不再

还会有谁?
寻着冬季的轨道
来到你的跟前
把你细细端详，嘘寒问暖

还认得你站立的坐标
记清你清秀的模样
还有"哗 哗"的波浪滚滚
游人的欢声笑语

如今夜里的沙滩，只剩下
清洁的月光和我的影子
在大梅沙被冷风吹皱的海面上
相拥而泣

2011－1－21 晚

堆　积

又是一年秋天
手上的这件背心还未完成
数数，好几个年头了

若在冬天到来之前
不能相见，还有什么理由
可以继续编织下去

总是要怀疑
号称能驱寒的背心
能否抵过一个热烈的拥抱

一寸寸堆积起来的
不远不近的距离
尽是爱，与被爱

2010－10－11 黄昏

清秋，手执一束水姜花

那个固定的十字路口
你在等待
车子停下的那一刻
然后，匆匆靠近

你头戴着草帽，衣着简单
你应有几个花季的年龄吧
手执一束一束的水姜花
轻声叫卖

又白又嫩的水姜花
你用粗糙的手采摘
精心用红色绳子扎成一束束
出现在清秋的路旁

我以虔诚的态度和语气
买下一阵阵洁净的清香
在珠海的正午时刻
在水姜花盛开的季节

2010 – 10 – 7 夜

万众生活村片段

（一）

从哪一栋楼走出
一位趿着拖鞋
披着金色长发的少妇

手里的一串钥匙"叮当"响
说它是一串
其实也只不过才两把

脸上的睡意虽已退去
倦容尚未化开
连体裙裾随微风摆动着

在她的身后
一位幼童
走路摇摇摆摆，尾随着

2010－7－5 下午

（二）

她用家乡的方言
和异乡人打着招呼
彼此，保持着微笑表情

他用黝黑的肤色
展现他强壮的体力
在底层的仓库里上货，下货

傍晚时分
治安亭子里的保安员
依旧向经过的机动车辆收取费用

2010 – 7 – 5 夜

（三）

每晚九点左右
一楼店铺里的音乐如期响起
两栋楼之间的通道成了舞台

生活村的夜开始闹腾起来
摇着蒲扇的奶奶辈们
就有了看大戏的心情

冷不防一辆车经过
像音乐的休止符
把狂热欢舞的人群搁置起来

2010 – 7 – 5 夜

（四）

出双入对的情侣或夫妇
牵着手，慢悠悠地
从我眼前经过

幻想着
自己就是其中的任一位女性
过着简单的日子

不仅爱看他们迎面而来的欢喜
还羡慕地目送他们的背影
一步一步，挪至生活村的出口处

2010 – 7 – 5 夜

遇上花一样的姑娘

街灯 有点昏黄
我还是看出了她的肤色
细白 嫩滑
眼镜后的眼睛明亮

这样一位 90 后的小女孩
用自己仅有的工资
负担起四个弟妹的学费
父母的生活费

没有因为要负担而烦恼
轻声细语的聊天
家中的一些小事情
在她的口中说来都幸福满满

看着她
我想起"丁香一样的姑娘"
而她，应是夜里的白玉兰

2010－7－3 深夜

幸福的微光

黄昏时
我在街角的擦鞋摊前
坐下，挽起裤脚

我的面前，是一张
四十几岁女人的脸
有些许的微笑，堆积在皱纹间

借着橱窗内投来的一线余光
我看到鞋子慢慢光亮起来
她用黑色的鞋油
擦亮了幸福的微光

蓝灰色的羽衣

原谅我
三百多年前的错误

相信我，依然爱你
蓝灰色的体羽

长长的嘴
小小的翅

纵使你
无法飞翔，无法逃脱

我的
渡渡鸟

在何时何地，以何种方式
在哪一个拐角处

该如何来想象
才能还原你的美

该如何来安排
才能让你我，再次遇上

我是水草上的浮游生物

地下河水漫过春季的堤岸
我在秋的唇边吻你
竹影婆娑，蕉叶翠绿
你柔软绵长的波动
与我紧紧相拥

英州的风从原野掠过
地下河的入口，就有了季节的味道
在仙桥，我是水草上随波的浮游生物
明河里的旧事或新曲
千年前，已在你我的眼皮底下恣意生长

一叶小舟轻盈而过
你我，成了风景的附属品
那叶小舟上的一双纤手，撩起水草
把我暖暖的握住
也握住仙桥河水千年分娩的疼痛

2009－9－28夜

备注：英州，广东省英德市，又称英州。

一地秋雨

是的，蝉声已遁去
夜色如初衷的示爱和表白
滴水成河，入海

秋天的月牙总是清朗可爱
答应过你的，要摘下一个星座
栽种在从没被修剪过的领土

整整一季写不出一句暖心的语录
矫情的你穿过阔叶小树林
在故乡绵柔的热粥里，遇溺

晨风敲醒了向南的窗户
一地秋雨
淅沥成泪光闪闪，从心划过

小镇黄昏

抹去尘世间的烟火

甘坑小镇的白天

慢慢沉落，可是

盛装官帽的皮盒还在

你赤足踩过的青石板路还在

南窗上的蛛网还在

旧旧的往事和苍凉

还在

明朝的火车晚点，进站

汽笛无声，柳枝停止摇摆

一墙黄昏垂挂着泪痕

状元府的大门紧锁

我脚下青砖铺地

门前的石磨，不再流转

我要等的达官贵人还是

没有来到

2016－9－24

备注：甘坑小镇，深圳的一个旅游景点。

发　芽

想用常春藤绑住一个初夏
而日子已到了微醺的小满
信手地，我往一花槽里撒下
几粒山药豆的种子
无需深埋，只要一丁点的泥土

夜来有露珠微沾，白昼
只等光和热传递养分
细柔的茎蔓爬上向西的栅栏
和鸢尾花呆坐一隅
一起看，每一次的日落黄昏

七月份的中轴，遭受了几场暴雨
叶腋间结满了山药豆芽
植物的世界里，我听见季节的声音
给每一颗种子发芽的机会

Chapter 6

第六季

冬至

冬季雨后
有七彩的虹
绕过村庄和山峦来看我
你会用哪一种方式
把我牵挂

许 小 玲 诗 集

你鼓舞了我

这次，必须隆重邀请你参与

我正在渐渐衰老的全过程

关心一根白发，一丝皱纹

一颗老人斑出场的时间和地点

一个蹒跚学步的模式

就会来到生命中途的这段距离里

你还要装作热烈地应和

当你听到我，喊错你名字时

总会遇见春天的节奏，别再天真地

收集更多更多年青的气息

那样的诗行，不够厚重

你最好减少眨眼睛的次数

要挖空心思去检测我衰老的近因

包括在白发里翻来覆去

寻觅。一根刺眼的黑头发

看我，如何处理青春睡去，衰老来访

天色已秋。许多精心安排也暗下来了
今夜月光不老，照例漫过一池水墨清莲
你将看到我剥莲蓬的十指，依旧纤纤
老花镜下抄写着一遍又一遍的《心经》
淡定了我的妆容
你把我捧于手心友情出演，谢幕时
你和我之间，怀抱着诗歌
你鼓舞了诗歌，诗歌鼓舞了我

2016－9－4 夜

停 下

生命的河流总有它的归宿地
从哪里开始，到哪里结束
自有它的轮回

人生的舞台形形色色
台上的每个人排着队，轮流出场
出演的戏路没有谁前来预知

舞台上或是路途中
哪怕只是遇到不起眼的一朵花，一棵树
也要细心呵护

我们无法改变，旅途的风景
无法更改风景里曾发生过的小事大事
我们需要更改的是，内心的坐标

往往那些看似触手可及的
离我们很远却感觉很近的一些东西

其实一直在左右跟随

背着行囊，总想走向更远更深处
回首间，空空如也
始终找不到通往秘密花园的秘道

何不让我们停下
停下来
让我们静静地，停下来

是为了调整出最舒适的姿态
然后，继续前进
或是终止

若是遇上不好的天气
也请记得要细心梳理心境
静心又耐心地等候风雨后彩虹的绽放

生命的长短和旅途的远近
似乎总是息息相关
我们何不把握好它的宽度增加它的深度

像烈火中的凤凰涅磐，浴火重生
做一只不死鸟

可是，我们终究不适合轰轰烈烈的呈现

我们渺小得看不清自己有多渺小
我们平凡得不敢说出自己的平凡

在幽暗无光的深遂巷道里
斑驳的古墙壁上以及周遭的一切
那是我们现状的困境

让我们的内心与脚步都停下吧
停下来
让我们静静地，停下来

当有一天
日光与月光的交替里
我们一定会看到光环里动人的一幕

2011－9－13 深夜

沧　桑

如果，你小跑起来
追回飘落在村庄瓦棱上的笑声
我怎能无视
错落有致的古镇风景

如果，我微笑起来
找回被遗忘的故事
你是否能舍生忘死
把这生的诺言在古墙上张贴

来吧！
我已在千年前的某一刻
为你今朝的驻足守候
久久，久久

披一身阳光的灿烂
携一缕宋朝的轻风
走一趟南岗瑶寨，逶迤的青石板路
抚摸我千年的沧桑

轻描淡写的月份

漫长的等待只剩下这个月份了
轻描淡写地，就这样过吧
不管回不回来，都习惯了
等待

小学的校门外，相思树墨绿着
爬满岁月尘灰的父亲的前额上
冬至的日期，日渐走近

还是要亲手打磨做汤圆的粉末
母亲的手掌捞起用井水浸泡好的大米
在月光下，黑白分明

剩下的，就只是静静地等待了
轻描淡写地，就这样过吧
你回不回来，我们都习惯了
等待

2010 –12 –7 午夜

最初的宁静

沿着来时的路，往回走
要经过湖滩的泥泞，经过丛林的荆棘
经过崎岖的山道，还要经过
世俗的眼光，一束，一束
从暗处扫荡过来铺天盖地
我还是要，寻找成长途中遗失的欢乐

如果在夏天，我就可以来到
收割过的稻田里，田垄边，有漏下的稻穗
我能想象出，收割前它垂头弯腰的姿势
和它躺在地里一样谦虚
我还能想象出，村里人收割时的场面
是热闹而兴奋的，甚至听到
窝藏在稻田里雏鸟的鸣叫，一声，一声
从稻浪里传播开来

天，照样是湛蓝湛蓝的色调
光着脚丫贴近大地清凉的肌肤

这是多美好的事，多令人容易产生遐想的事
在这晚上，我还能听到
一阵阵此起彼落的蛙鸣
这气息脉脉相连至心里头
地里的月光，和泥土一样洁净
和农人一样敦实
我捡拾了萤火虫的光亮
也捡回了，最初的心的宁静

空出一段时间，想你

我要
一直抬头
与你对望
星空里，一定有你的影子
你也正抬头
仰望

千万不要，轻易说出
你我的约定
不怀好意的月牙儿
会笑我的
痴

将时间一点一点排队
合理或不合理地用掉
偷偷留下一段
有计划地
想你

2009－3－15夜

十月之外

风，穿过阳台上的花草
落在落地窗的帘子上
这一挂窗帘，摇曳起来的样子
多像你微微走动

太阳慵懒地挂在窗外的树枝上
城市午后的鼾声
盖过一栋一栋高低的建筑
偶有刺耳的电锯声惊动枝上的鸟

一小片蓝蓝的天
骄傲地横跨在楼与楼之间
我抬头望，看到了
十月之外的世界

2010－10－12 午后

夜已深，墨未浓

上元夜
心上人
离别依依
空留深闺烛光
孤影单

小院内
秋海棠
露湿枝叶
叹恨长夜漫漫
盼天明

夜已深
盼郎归
有心作赋
无奈书案砚台
墨未浓

2010 – 7 – 23 早上

只是，夜了

嫩绿的草坪和树木
进入了冬季
动物们都找到各自的洞穴
我的花儿
需要充足的睡眠

被我驯服过的兽
原地等候
温带的气候
枯叶的厚度足够
它们绕开一些冰冷的流言蜚语
等待任一个美满的纬度

只是
夜了
夜了

2010 –7 –17 夜

一整夜的雨

我必经的十字路口
车流人流，来来往往
相互间不闻不问

站在红灯前的每一个人
焦虑地等待
绿灯一次次闪亮

没有人叫得出
不远处的街心公园里
那一棵棵灌木的名字

昨夜
下了一整夜的雨
淋湿了
路过的车辆和行人
滤清了
含笑花无语的香

2010－7－10 上午

末 班 车

还是会在熟悉的站台
等候
一辆又一辆公交车
经过

有你的那班车
始终没有来到

深夜，我决定
一个人
从对面的站台上车
向着你的方向

2010 – 6 – 29 深夜

裁

一年的光景
被我裁剪成春季夏季秋季冬季

一天的时间
被我裁剪成上午中午下午夜晚

在成长的岁月里
我被无忧的日子从少女裁剪成了妇女

你被谁裁剪？
成了谁？

2010－10－25 午后

一本关于你的书

开往明天的无人售票公交车上
没有人走到我跟前
喊我买票
以及轻声地询问
我要去的地点

手握一杯暖暖的咖啡
加入一块方糖
想你微笑的样子
明天便没有了苦的味道

回忆如一点一滴的香醇
在今天一分一秒后退而去
途中的时间
我完整地消化掉了
一本关于你的书

沐一身香灰

腊月，小雨如甘露轻洒
午后茶，就冷了
一寸步一寸步走过来的
像年一样，就近了
香客稀稀，我来正逢十五
香火里，望见醒来的自我的心
净好

红红烛台，从宋代约定坚守
让焰心温柔
留在外焰的热烈，从没歇着
一炉高香，风飘飞舞
沐我一身香灰，我来为你祈福

呆看一遍，日月池里
嬉戏然后静养的每一尾鱼
独开一朵，白色或淡紫色的莲
你是否愿意，引领它的透澈

你是应该愿意
陪我，沐手朝圣

前殿。我偶遇了一只小灰鸽
碎步轻盈在圣水井边，放生池内
宿命的轮回，定有人来安顿
笑仰香云阁，喜闻塔香凫凫
钟鼓和鸣，我祈求天后
佑天下，吉祥平安
年年

2017－1－14

洗好了日子

我有一个西照的阳台
适合半躺在藤椅，数一个个日落
视野好
阳光好
绿植好
开一朵两朵，都好
接纳西北的微风吹拂
目视不远不近山峰的一片墨绿
接纳自来水的流动
洗涤，一遍遍地擦拭
让旧的，大的，小的物件
让丝质的，棉麻的
或是羊毛质地的冬
洗成新的，再摆放回原处
安顿好年，月，日
我
越洗越旧，一岁又一岁
也是要
回到原处的

2017－1－23

内心的蛙鸣

傍晚。有蛙，在谦卑的稻穗下
一只只，素颜，列队巡逻
萤火虫的光，点亮了昼与夜的幽径
城市上空，蛙声在花瓶里私聊
借我一支笔一张纸吧，触摸
一个浅浅的微笑，一颗喜乐的心
把时间，浪费在美好的事物上
暗下去的夜里
我清晰地看到了内心的
蛙鸣

我照顾不了那么多的松果

大年初三
一朵松果垂直落下
又一朵松果，垂直，落下
风雨让行人奔跑着往家赶
风雨让松果含泪告别
离家
细雨清晨
我为松果撑起一把伞
捡拾地上的一朵
一朵
又一朵，直至
双手捧满了
悲伤

仙境有路

小县城一觉醒来，是阴天
浅色的灰
伴着阴天里该有的风的冷
一样的街景
一样的市集
一样的匆匆的行人
和灰色的脸
一样的昨夜狂欢后的残局

山间有扑棱着翅膀互道早安的鸟
有明亮的色彩
有霜染的叶落
有翠色的草芽
有紫花地丁
有静坐着的褐色松针
有特别准备好的，山风
有三两个闲心的乡人
走到了岔路口

路，总是这样
让人一次次做出选择

再慢一些

放下手中的镐
一起将落日送回到童年的光阴里
任猴面包树在 B612 星球狂欢
任唯一的真爱继续任性
任所有的驯服和牵绊理所当然
在荒凉城市的任何方位
搬一竹椅坐落
向右抬头 15 度角
仰望天空
有嘴角上扬的弧度

再慢一些
让童真回归童真

备注：读《小王子》有感。

写给自己

许下诺言
要做一个完整的凡人
应该包括善与爱
包括付出与施予，喜乐与悲伤
包括每一次滴水之恩的回音
包括朴实里渗出的真

包括节气里不该遗忘的烙印
立冬，没走多远
秋日枝头的乡音依稀可辨
今夜的月光区分出界线和年轮
从来有增无减

2016－11－13

当岁月老了

当岁月老了，我们
坐在记忆的最深处
门前的青石板静止了
曾经的热闹，已逝

残旧门槛，磨灭少年人的梦想
磨灭了岁月里重要的那一段日程
手，轻抚摸着青葱光阴里的欢歌笑语
心，已无力再次狂热

你我共对
细诉更远处的风景
门里，永远是黑夜，像深渊
门外的白天，是真实的日记

用这一生余下的气力
在向晚的街头，问问过往的路人
是什么掠走我们的欢颜
剥夺了我们，倾听足音再次走近的权利？

我用尽了所有的青春

日光照得到的地方，茂盛了
你的翅膀，和我的翅膀
瞧那振翅的样子多俊丽，每天
一朵金黄色的花耀眼在蓝天里
又一步一步，向北挪动

说好要完成发芽、长叶、开花
学会让蔓生的卷须缠绵
柴米油盐里赏花，开了又落的
都去结一个大的小的瓜果

日落时分，瓜藤之上
一定还有很多来不及安排的戏份
搁置在目光能够到达的山巅
被强制刻上黄昏的皱纹

我要的是连接顺畅地老去
和你，在延长线上耳语
早茶间，午夜后，落幕前

陪你一字一顿，说说笑笑

我用尽了所有的，青春
用尽了青春里所有的笑点和泪点
请把联系方式给我
我想原路返回
把南瓜藤上的七星瓢虫还给你

2017－12－24

每一粒尘埃都安静下来了

十二月一日天晴

有暖阳，落下来

我没有拒绝她的微煦

忘了坦白交代

我身上穿着前年流行的紫色羽绒大衣

兜里有银两压袋

我尽兴享用，阳光的暖

和大多数小人物一样

被咖啡飘香诱惑

手捧起小资，不放

在明亮的喧嚣里

想象自己是一株无名植物

依靠太阳生长

日落而息时

每一朵小花安静下来了

每一片生机，安静下来了

一粒粒尘埃

也安静下来了

我依然闭口不提，我的来处

2016－12－1